송홍만 제11시집

내 나이 일흔에

한누리미디어

국립중앙도서관 출판시도서목록(CIP)

내 나이 일흔에 : 송홍만 제11시집 / 송홍만. -- 서울 :
한누리미디어, 2007
    p. :   cm

ISBN 978-89-7969-306-5 03810 : ₩ 7000

811.6-KDC4
895.714-DDC21   CIP2007002443

송홍만 제11시집

내 나이 일흔에

생각하는 것이 보다 어리고
하는 일이 더욱 서툰데
어이하여 내 나이 일흔이란 말인가

흰 머리 흰 수염 휘휘 날리고
부드럽고 너그러워 보이는
어른의 모습 찾을 길 없거늘.

시(詩)를 쓰지 아니 했다면
외롭고 쓸쓸해만 가는 마음을
어찌 달래며 살 수 있을까

노래 부르는 이는 노래 부르며
그림 그리는 분은 그림 그리며
그 분들도 같은 마음이겠지

갈수록 설익은 글을 조심스레 내어놓습니다.
엮어주신 한누리미디어 김재엽 사장님께 감사 드립니다.

2007년 8월 15일

송 홍 만

내 나이
일흔에

Contents

책머리에 … 9

미쁘다 (06. 9. 14) … 16
맛있다 (06. 9. 14) … 17
정녕 죽으리라 (06. 9. 15) … 18
김제평야를 지나며 (06. 9. 21) … 19
모교 느티나무 아래에서 (06. 9. 25) … 21
사육신묘 앞에서 (06. 9. 26) … 22
들리지 아니 하는 대답 (06. 9. 27) … 24
미쁘신 말씀 (06. 10. 4) … 25
얼마나 애태우실까 (06. 10. 4) … 26
어, 달 있다 (06. 10. 12) … 27
조시 (06. 10. 23) … 28
천지창조 (06. 11. 7) … 32
에덴동산 (06. 11. 7) … 34
알 사람 없어라 (06. 11. 19) … 36
바나나 언니 (06. 11. 21) … 37
요셉의 삶 (06. 12. 2) … 38
주님의 신부 되어 (06. 12. 3) … 39
저와 같은 응답 (06. 12. 4) … 40
보는 사람 춥지 않게 (06. 12. 18) … 41

해마다 돌아오건만 (06. 12. 22) ··· 42

나로 인해 (06. 12. 24) ··· 43

사랑의 아침 (06. 12. 25) ··· 45

원죄와 대속 (06. 12. 28) ··· 46

며칠 동안 같은 꿈 (06. 12. 30) ··· 47

토끼와 거북 (06. 12. 31) ··· 48

새 일을 하라신다 (06. 12. 31) ··· 49

내 나이 일흔에 (07. 1. 1) ··· 50

신년 인사 (07. 1. 4) ··· 52

오른 눈 (07. 1. 7) ··· 54

금년에도 그대로 두소서 (07. 1. 8) ··· 55

모시고 다니게 하소서 (07. 1. 9) ··· 56

꿈에 장모님이 (07. 1. 16) ··· 57

둘러서 생각하자 (07. 2. 1) ··· 58

느리더라도 (07. 2. 3) ··· 59

그러니 얼마나 좋아 (07. 2. 6) ··· 60

두 어린 아이의 가르침 (07. 2. 11) ··· 61

마음이나 덥혀 주려는 (07. 2. 15) ··· 63

오서산 오르며 (07. 3. 1) ··· 64

리키다 나무에 까치집 (07. 3. 3) ··· 66

부럼 (07. 3. 4) ··· 68

Contents

내 나이
일흔에

제삿날을 잊다 (07. 3. 9) ··· 69

승리의 깃발 (07. 3. 14) ··· 71

형제봉을 바라보며 (07. 3. 16) ··· 72

어디서나 (07. 3. 25) ··· 73

밤낮없이 (07. 3. 28) ··· 74

해명산 오르며 (07. 3. 31) ··· 75

삼세 번 (07. 4. 11) ··· 76

결혼 사십주년 (07. 4. 12) ··· 77

동서남북 (07. 4. 12) ··· 78

옥구공원에서 (07. 4. 13) ··· 79

이렇게 좋은 꽃 (07. 4. 30) ··· 81

어찌 이리도 (07. 5. 1) ··· 82

제비 한 쌍 (07. 5. 3) ··· 83

인제 가면 언제 오나 (07. 5. 3) ··· 85

시골 외딴집 (07. 5. 4) ··· 87

어린이 날 (07. 5. 5) ··· 89

숲을 본다 (07. 5. 10) ··· 90

섬진강 (07. 5. 12) ··· 91

석룡산 오르며 (07. 5. 24) ··· 92

꿈 같은 (07. 5. 26) ··· 94

불의한 청지기 (07. 5. 27) ··· 95

성거산 오르며 (07. 6. 2) ··· 97

말씀 따라 삽시다 (07. 6. 3) ··· 99

불곡산 오르며 (07. 6. 6) ··· 101

칠봉산과 천보산 오르며 (07. 6. 9) ··· 103

그대로 되리라 (07. 6. 10) ··· 104

산으로 달려가면 (07. 6. 12) ··· 106

나의 마음 (07. 6. 15) ··· 107

이다지 고운 생각을 (07. 6. 17) ··· 108

좁은 문, 좁은 길로 들어가라 (07. 6. 24) ··· 110

너희를 쉬게 하리라 (07. 7. 8) ··· 112

느낌표 (07. 7. 11) ··· 114

아름다운 소식 (07. 7. 15) ··· 115

밤새 내리는 비 (07. 7. 17) ··· 116

내가 만일 (07. 7. 23) ··· 117

얼마나 힘든 일이냐 (07. 7. 24) ··· 118

잘 건너갔을까 (07. 8. 2) ··· 119

늘 넉넉하다 (07. 8. 4) ··· 120

무궁화 (07. 8. 4) ··· 121

떠나거라 (07. 8. 8) ··· 122

13

내 나이 일흔에

송홍만 제11시집

미쁘다

(디모데 전서 4장 6-9절)

미쁘다 이 말이여!
망령되고 허탄한 신화를 버리고
오직 경건에 이르기를 연습하라신
사도 바울의 말씀이여

미쁘다 이 말이여!
미뻐서 모든 사람들이
받아들일 만하도다.

미쁘다 이 말이여!
거짓이 아니고 참되며(眞實, Truth)
헛되지 아니 하고 신실(信實)하도다.

소가 되새김질로 새 힘을 얻듯
경건에 이르기를 연습하라신
말씀 묵상으로 새 생명 얻으리라…….

맛있다

"맛있다" 이 한 마디
음식 앞에서
나는 절로 나온다.

"맛있다" 이 한 마디
입안엔 침이 가득
주방엔 웃음 활짝

"맛있다" 이 한 마디
저절로 말하고도
고마워 감사한다.

정녕 죽으리라

"네가 먹는 날에는 정녕 죽으리라."
(창세기 2장 17절)
하나님은 말씀하셨는데

여자는 뱀에게
"너희가 죽을까 하노라."
(창세기 3장 3절)
죽을 수도 아니 죽을 수도 있다며
반신반의(半信半疑)하더니

뱀은 여자에게
"너희가 결코 죽지 아니 하리라."
(창세기 3장 4절)
하나님 말씀을
완전부인(完全否認)하는구나

죽을까 하노라는 말 듣고
이리저리 기웃거리다가
결코 죽지 아니 한다는 말 믿고
낙원(樂園)에서 쫓겨날까 두렵습니다.

김제평야(金堤平野)를 지나며

여행은
언제나 즐겁고 기쁘다.

노란색 파란색 어울려진 연두색 논에
벼가 한창 여물고 있는
나라 안 가장 넓은 평야

아삭거리는 벼 잎에서 풋내 풍기어
열차 안에 가득하다.

억새꽃 아름다운 밭머리에
옹기종기 자리한 무덤들

땀 흘려 일군 밭자락에
잠들었구나

곱고 부지런한 그 마음씨
그 분들도 성나면
한 번은 큰소리 질렀지

오늘

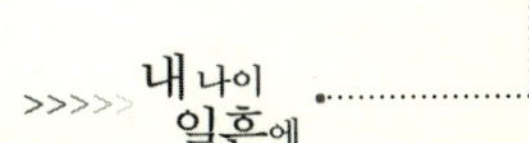

우리는 성날 대로 성났어도
큰 소리 못 지르는 빈 무덤이로다.

20

모교 느티나무 아래에서

초등학교 동창회에 가니 한 시간 전이라
모교 부근을 돌아보다가
교문 옆 느티나무 아래에 이르렀다.

육학년 때 6.25 전쟁이 나자
담임선생님(이종혁) 앞장서서
우리를 여기 모아 놓고
부서진 책상 다리 들고 인민군 때려잡자고 했지

탱크 앞세우고 인민군 쳐들어 온 며칠 후
연락 받고 학교에 오니
그 선생님 두 팔 걷어 올리고
여기 모인 우리에게
가난해도 대학 갈 수 있는
좋은 공화국 세상이 되었다고 했지

인조 잔디를 입힌 운동장 외면하며
푸른 하늘 바라보니
친구들 얼굴이 하나 둘 떠오른다.

사육신묘(死六臣墓) 앞에서

내 나이 예닐곱 때 아버지 손잡고 왔었지
저 아래 그늘진 곳에 서너 무덤에 성씨(姓氏)만 새긴 비석(碑石)

성삼문(成三問), 그의 아버지 성승(成勝)의 묘(墓) 앞에서
들려주시는 말씀 뜻 모르고 들으며 비석(碑石) 어루만지었지

오늘 육포(肉包) 생율(生栗) 백세주(百歲酒) 유리잔에 올리니
아버지 옆에 와 계시구나

학교에서 배우던 사육신충의가(死六臣忠義歌) 잘도 외워졌지
"이 몸이 죽어가서 무엇이 될고 하니"
"까마귀 눈비 맞아 희는 듯 검노매라"
"간밤에 부던 바람 눈 서리 치단 말가"
"방안에 켜논 촛불 뉘와 이별하였관대"

그리고 성삼문(成三問)의 임사부절명시(臨死賦絶命詩)
외우며 눈물 많이 흘렸지

아버지 어린 나를 왜 데리고 오셨을까
살아온 길 돌아보니
임들의 충성심(忠誠心)과 곧은 마음

때때로 행(行)하려 애썼을 뿐이네

허허벌판 여의도(汝矣島)에 비행기(飛行機) 내리고 뜨는 것도
보여 주셨지

죄 없이 처벌 받으시고 삼족(三族)을 멸(滅)함 받으심
주님의 길 본받으셨네

삭막(索莫)한 이 땅에
그 뜻 길이 길이 전해 주소서.

들리지 아니 하는 대답

보이지 아니 하는 빛이
살아가는 어두운 길 밝히듯

들리지 아니 하는 대답이
살아가는 편안한 길 알려 주시네

산길을 걸으며 아니 들리는 대답 모시니
즐겁고 기쁨이 가득 차도다.

미쁘신 말씀

보이지 아니 하는 것이
가장 아름답듯이

들리지 아니하는 것이
가장 미쁘도다.

꽃이 계절에 따라 변하듯이
저울이 무게에 따라 오르내리듯이
보이고 들리는 것은 거짓이로다.

보이지 아니 하는 하나님
들리지 아니 하는 말씀
미쁘신 말씀이로다.

얼마나 애태우실까

가장 불쌍한 사람은
감사할 줄 모르는 사람이다.

조금 베풀며
그걸 알았거늘

모든 것 다 주시는
하나님

날 보시며
얼마나 애태우실까

어, 달 있다

법원사거리 건널목에서
유모차 안에 두서너 살 아이가
햇빛에 눈을 못 떠
몸으로 가려 주었다.

눈 뜨고 쳐다보더니
"어! 달 있다" 하기에
빌딩 사이 서쪽 하늘 푸른 조각에
통통한 하얀 반달이 있다.

"어떻게 달을 알지" 하니
밤이면 달을 찾고,
별을 찾는다고
엄마가 대답을 한다.

먼 곳을 바라보는 너의 마음
너는 분명 하나님 나라의 어린이로구나!
하나님의 나라가 이런 자의 것이라고
주님 말씀하셨지.

27

조시(弔詩)

― 큰 형수님 영전(靈前)에

정녕(丁寧) 가시는군요
큰 형수(兄嫂)님!

훈장(訓長)님의 큰 딸로 고이 자라
시집오신 때
나는 한, 두 살 어린 아이

그래도 형수님 등에 업혀
비취색(翡翠色) 비녀 바라보며
잠들곤 하던 일이 생생하게 떠오릅니다.

크나한 동막댁(東幕宅) 종부(宗婦)로
알 수 없는 어려움 많으셨죠

두 차례 큰 전쟁(戰爭)을 겪으며
불어온 어려움이며

더더구나
남해(南海) 바다 파도(波濤)가
너무 일찍 모셔간 큰 형님

그 슬픔 가슴에 묻고
그 얼마나 견디기 힘든 길
홀로 걸으셨습니까

그래도
굳건히 걸으신
장하신 큰 형수님!

이제
고이 잠드소서.

어둔 밤 하늘에
아홉 별 유난히 반짝이고 있으니
마음 놓고 고이 가소서.

큰 형수님도
"잠깐 보이다가 사라지는 안개" (야고보서 4장 14절)
그 안개로 가시네요

이제
한 세대(世代)가 사라지고

낯선 세대(世代) 속에 있답니다.

큰 형수님
가시면서
나의 세대(世代)도 그렇게 지나갑니다.

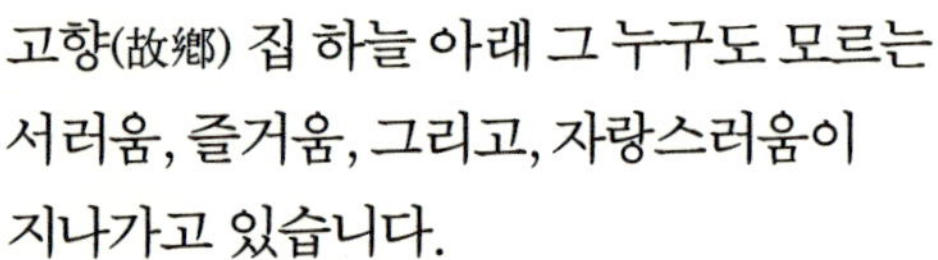

고향(故鄕) 집 하늘 아래 그 누구도 모르는
서러움, 즐거움, 그리고, 자랑스러움이
지나가고 있습니다.

가야 할 그 나라
편안히 거할 곳 많은
새로운 나라에 가시거든

근 오십년 오매불망(寤寐不忘)하신
그리운 임의 품에 안기소서

가마 타고 시집오시던 바로 그 길로
미수(米壽)를 고이 마치시고
꽃가마 타고 하늘나라 가시는 길에

하늘의 선녀(仙女)들, 들국화 송이송이 뿌리니
그 향기(香氣) 속으로 고이고이 가소서
큰 형수님!

천지창조(天地創造)

(창세기 제 1장)

땅이 혼돈(混沌)하고 공허(空虛)하여
흑암(黑暗)은 깊음 위에 있고
하나님의 신(神)은
수면(水面) 위를 운행(運行)하시고
빛이 있으라 하시면 빛이 있어
보시기에 좋으셨다.

궁창(穹蒼)을 만들어
아래와 위로 물이 나뉘게 하시니
그대로 되었다.

하나님은
말씀으로 천지만물(天地萬物)을
만드셨다.

하나님의 형상(形像)대로 남자(男子)와 여자(女子)를 만드시고
생육(生育)하고 번성(繁盛)하여 땅을 정복(征服)하고
모든 생물을 다스리라 하셨다.

지으신 모든 것 보시기에 심히 좋으셨다.

강도(强盜)의 마음이 착하게 변화(變化)되고
주님을 핍박(逼迫)하던 사울이
사도(使徒) 바울로 창조(創造)되었도다.

흑암(黑暗) 속에 헤매고 있는 나의 마음
말씀 믿는 순간 주님의 빛을 받아
저녁이 되며 아침이 되는 새로운 마음으로 창조(創造)되어
보시기에 아주 좋게 하소서.

에덴동산

(창 2 : 8-25)

비가 내리지 아니 하고 경작(耕作)할 사람이 없어
들에는 초목(草木)이 없고
밭에는 채소(菜蔬)가 나지 아니 하니
안개가 올라와 땅 위만 적시었다.

하나님은 흙으로 아담을 지으시어 에덴동산에 두시고
그 땅에서 보기에 아름답고 먹기에 좋은 나무가 나게 하시니
동산 가운데에는
생명나무와 선악(善惡)을 알게 하는 나무도 자라고
강은 동산을 적시며 네 갈래로 갈라져 흘렀다.

하나님은 아담에게
각종 나무의 실과는 먹되
선악(善惡)을 알게 하는 나무의 실과(實果)는 먹지 말라.
먹는 날에는 정녕(丁寧) 죽으리라 하셨다.

하나님은 아담이 홀로 사는 것 아니 좋으셔
아담의 갈빗대 하나 취해 여자(女子)를 만드시니
아담이 좋아서 이는 내 뼈 중의 뼈요 살 중에 살이라 했다.

에덴동산 아름다운 곳,

아주 먼 옛날 아니오, 아주 먼 곳도 아니오
오직 한 가지,
말씀만 순종(順從)하면 갈 수 있고 누릴 수 있는 곳
사랑의 하나님
말씀 순종(順從)하게 도와주시옵소서.

알 사람 없어라

무리한 등산은 삼가세요
의사 선생님의 당부에
한 반년 만에 광교산에 올랐다.

오르고 내려오는 발짝마다
감사와 기쁨이
가슴에 보슬보슬 내렸다.

하늘 보며 감사하고
봉우리 보며 기뻐하고
바위 보며 눈물 닦았다.

만나는 사람에게 기쁜 마음 터놓으나
기쁘고 감사함을 전할 수 없고
들어도 나와 같이 알 사람 없어라.

바나나 언니

비 맞으며 건널목에서
신호를 기다리는데
우산을 받쳐 주기에 쳐다보니
가무잡잡하고 작은 키에 삼십대쯤,
태국 여인과 같아
팔고 있는 바나나와 어울렸다.

그러나
쓰고 있던 검정 우산으로 비를 막아 주는
따뜻한 마음씨며
부지런한 생활력
당대에 보기 힘든 젊은이로다.

다음날 그 자리에는
공주 밤을 파는 비슷한 여인을 살펴보니
바나나 언니는
단속이 심하여 일찍 들어갔단다.

이 천원에 수북이 세 되를 담아 주며
바나나 언니가 더 예쁘죠 하기에
두 분 다 곱고 아름답다고 했다.

요셉의 삶

야곱이 가장 아끼던 아내
라헬이 첫 번째로 낳은 아들.

죽은 사람인가 하면
살아 있었고

남의 종인가 하면
자유를 누리었고

큰 죄인인가 하면
죄수들을 다스렸고

외로운 사람인가 하면
하나님이 함께 하셨고

혼자만 복 받았나 하면
그로 인하여 이웃도 복 받았네.

주님의 신부(新婦) 되어

(요 19 : 34, 요일 5 : 4-9)

아담의 신부(新婦)는
아담이 잠들었을 때
옆구리에서 갈빗대를 꺼내 만드셨고

주님의 신부(新婦)는
주님 십자가 위에 잠들었을 때
옆구리에서 나온 피와 물로 만드셨기에

나를 위해 돌아가심 깨달아
신랑(新郞) 되신 주님을 잘 모셔
주님의 신부(新婦) 되어야지.

>>>>> 내 나이
일혼에

저와 같은 응답(應答)

안성(安城)에서 평택(平澤)으로
시내버스를 타고 가는데

한 여학생이 올라와
엄마에게 천원을 받아 요금을 낸다.

어찌 저리도
모녀(母女)간에 손발이 잘 맞는가

우리도 기도(祈禱)하면
저와 같은 응답(應答) 받겠지.

보는 사람 춥지 않게

추운 겨울에
독두(禿頭) 친구를 만났다.

왜 모자(鳥打帽子)를 썼느냐고 하니
보는 사람 춥지 않게 썼단다.

고봉(高峯)의 후손답다고 하니
우암(尤庵)의 후손답게 알아주시는군요 한다.

실은 우암은 은진 송씨(恩津宋氏)고
난 여산 송씨(礪山宋氏)지만

남을 배려하여 모자를 쓰는 마음
그 뜻을 알아듣는 마음

추운 겨울
한기(寒氣)를 녹인다.

해마다 돌아오건만

어느 모로 보나 보잘 것 없는 내 모습
지나온 길 돌아보니 아슬아슬한 길을 걸어왔네요

하나님은 가슴 찢어지는 아픔으로
외아들 예수님을 보내주셔

순간마다
내 손을 잡아주셨다 하지만

그 주님 오셨다는 성탄절(聖誕節)
해마다 돌아오건만 믿어지지 않았네요

이제 나이 들어서야
하나님이 이처럼 사랑하고 계심을 알겠네요

하나님의 극진하신 사랑을
이 생명 다 하도록 찬양(讚揚)하겠네요.

나로 인해

나로 인해
나의 혀, 손, 발
그리고 눈으로 말미암아
상처 받은 여러분
아내, 자녀, 친척, 친구여
내 잘못을 용서하여 주소서.

주님!
내 힘으로는 못하오니
그 분들의 상처를
치료하여 주소서
그 분들을
위로하여 주소서.

알게 모르게
상처 받은 분들의
그 아픔
마음과 몸으로
몸소 당해 보아
비로소 압니다.

이제는
나로 인해,
나의 혀, 손, 발
그리고 눈으로 말미암아
상처 받는 이, 한 분도 없게
혀도 손발도 눈도 조심하겠나이다.

사랑의 아침

살과 피보다 더한 외아들을
화목죄(和睦祭)의 번제물(燔祭物)로
사람의 몸을 입혀 내려 보내신
이 크신 하나님 사랑의 아침

아버지의 뜻을 따라 하늘나라 떠나 이 땅에
어느 모로 보나 죄뿐인
날 구원하러 오신
이 크신 주님 사랑의 아침

아득한 옛날 먼 나라의 일,
그저 하루 쉬는 공휴일로만 안 내가
걸어온 발자국마다 주님의 사랑 가득함
이제야 깨닫는 사랑의 아침.

원죄(原罪)와 대속(代贖)

까마득한 옛날 옛적 아주 멀고 먼 에덴에서
보도 듣도 못한 아담과 하와가 선악과를 따 먹은 것
내게 무슨 상관이란 말인가

근 이 천년 전 골고다에서
보도 듣도 못한 젊은 예수가 십자가에 처형된 것
내게 무슨 상관이란 말인가

아담과 하와의 거역함 이어받고 태어남이 원죄요
죄 짐 지고 태어난 나의 죄 씻어 주려고 돌아가심 대속이라나
난 도무지 알 수가 없소

아담과 하와와 같이 사람으로 태어나
말씀을 거역하고 유혹을 당할 바탕기질을 지녔기에
순간마다 손은 거역을 하고 발은 유혹에 끌려가는구나

그때 로마병정, 아니면 군중, 더더구나 빌라도라면
강도 바라바를 내어주고 주님을 처형하라 아니 했을까
그럼에도 불구하고 그 죄를 용서하여 주심은 은혜로다.

며칠 동안 같은 꿈

며칠 동안 같은 꿈을 꾼다
아주 고요하고 아름다워
밤이 오길 기다린다.

노랗고 하얀 나비 한 마리
소리 없이 나빌며
아주 가까이 알짱거린다.

말 한 마디 아니 하고
두 심령은 하나 되어
아주 편안한 흐름이다.

토끼와 거북

두메산골에 한 영감이 살고 있는데
귀여운 산토끼 한 마리가 와서는
자고 나면 따라다니더니
얼마 지난 어느 날
집에 간다며
자주색 빛나는 구름 속으로 가 버렸대요

재 너머 밭갈이 가는데 거북이 한 마리가 따라와
비가 오나 눈이 내리나
논밭을 따라 다니더니
얼마 지난 어느 날
추워서 집에 간다며
저녁노을 곱게 물든 산봉우리 속으로 가버렸대요

어느 해 세밑에
할아버지와 그의 친구가
해넘이를 보려고 산에 올라
산토끼와 거북이를 축복하는
축복의 기도를 드렸대요
잘들 살아 달라고.

새 일을 하라신다

— 송구영신

가는 해를 보내고 오는 해를 맞는다
가는 해는 끝이요 오는 해는 시작이다.

세상만사에 끝과 시작이 있음을 모르면
세월은 그냥 지나갈 뿐이란다.

지나간 한 해를 돌아보면
부끄러운 실수들 몸둘 바를 모르겠다.

그러나
후회만 말고 새 일을 하라신다.

주님을 팔아 배반한 가롯 유다(Juda Iscanot)
후회만으로 끝마치어 지옥 갔지만

수제자 베드로는 주님을 저주까지 하였으나
후회하고는 새로운 일을 했기에 천당 갔단다.

내 나이 일흔에

남양(南陽) 고을 돌문안(石門洞)
동막댁(東幕宅) 막내 손자(孫子)

고향 언덕 넘어 낯설고 물설은
타향살이 일흔이 되었구나.

입학하면 교복이, 승진하면 의자가 달라지건만
일흔이 되어도 달라진 것 하나 없네

"우리네 나이가 칠십이요 강건하면 팔십이라도
자랑할 것은 수고와 슬픔뿐이라."(시 90 : 10)

"나이 일흔에 이르면
마음 내키는 대로 좇아도 법도를 넘어서지 아니 한다."
(七十而從心所欲 不踰矩 - 論語 爲政編)

"사람이 칠십 살기 어려우니 술이나 마시자."
(人生七十古來稀 - 杜甫 曲江)

나야 유유자적(悠悠自適) 없이 손발 쉬지 아니 하고
아직도 매사(每事)는 이등병(二等兵)처럼 서툴구나

싸움에 지기도 많이 했으나 이긴 것 다름없고
떼이기도 적지 아니 하였으나 부족함 없었네

건전(健全)한 신체(身體)에 건전(健全)한 정신(精神)이 깃든다더니
건전(健全)한 마음에 건전(健全)한 신체(身體)가 따라오더군.

어둡고 괴로운 순간마다 손잡아주신
주님을 찬송하면서.

범사(凡事)에 감사(感謝)하며 기쁘고 즐겁게 살고 있으니
내 나이 일흔이 내 마음엔 아무것도 아니야.

신년인사

대한법무사협회 회우 님 여러분
정해년 새해에 복 많이 받으소서

어려운 일 꿈같이 사라지고
솟아오르는 태양처럼 희망찬 새해가 되소서

줄 그어준 우리의 일터를 덧없이 침노하는 검은 무리들
큰 힘 누리는 어미 새들의 어이없는 언행의 암담함
우리를 놀라게 하는 사나운 물결
다 지나가고 순수한 새해가 되게 하소서

새 생명 잉태한 여인처럼
흐뭇한 기쁨으로 환하게 웃게 하소서

가슴 속 깊이 간직한 부끄러움 꺼내 버리고
돌아선 자를 찾아 악수를 나누게 하소서

우리 모두 비둘기 같이 순결하게 되어
감감한 일 당하여 헤매는 사람
따뜻이 손잡아 징검다리 건네주고
아픈 가슴 어루만져 위로하면서

혹여 서운터라도 고독한 기쁨 맛봄만으로
기꺼이 여기며 살아가게 하소서

젊은 분은 용기를 잃지 말고
우리 모두 사랑으로 한 해를 보내게 하소서

어린 시절 양지에서 소꿉놀이 하듯
서로가 도란도란 사랑하는
그러한 새해가 되게 하소서.

오른 눈

(마 5 : 27-30, 18 : 8-9, 막 9 : 45-)

나의 오른 눈 빼어 내버리지 못하고
나의 오른 손 찍어 내버리지 못하고
없어졌어야 할 눈과 손

차마 하지 못하고
온 몸이 지옥에 던지움 면하려
눈물로 기도합니다.

보암직하고 들음직하고
먹음직하고 놀음직하여
돌아오기 늦었습니다.

이제는
성령님 도와주서
부끄러운 길을 가지 않게 하옵소서.

금년에도 그대로 두소서

(눅 13 : 6-9)

한 사람이 포도원에 무화과나무 한 그루 심어놓고
삼 년을 와서 보아도 열매가 열지 아니 하자
과수원지기에게 찍어 버리라 하신다.

과수원지기는 주인이여 금년에도 그대로 두소서
두루 파고 거름을 주리니
다음 철에 열매를 맺을지도 모릅니다.

어쩌다가 믿음의 열매 아니 열려
주님이 금년만 기다려달라는 중보기도
이 은혜의 한 해가 두렵습니다.

모시고 다니게 하소서

주님 일러주신 대로
보내주시는
성령님을 모시고 다니게 하소서
일마다 여쭈어 행하리니 동행하여 주소서
기쁨도 슬픔도 그리고 생각도
하늘 바라보며 말씀잡고 살게 하소서

받은 은혜 감사하여 감사의 시를 짓게 하소서
악인의 길 멀리 하고 선한 길 걷게 하소서
구하기 전에 있어야 할 것 아시오니
헛된 것 구하지 말게 하소서
두세 사람이 주님의 이름으로 모인 곳에
성령님 모시러 가게 하소서

떠날 때나 만날 때 말없이 그렇게 살게 하소서
지나간 일 옛 속에 던지고
성령님의 인도 따라가게 하소서
더러움으로 얼룩진 온갖 것
숨김없이 보여드리오니
양털같이 희게 하여 주소서.

꿈에 장모님이

소천(召天)하신 후 처음으로
꿈에 장모님을 뵈었다.

두 손 번쩍 들어 벌리고 모으며 허리 굽혀
모인 여러분을 환영하신다.

잔잔히 흐르는 폭포 앞에서
그리도 좋아 웃으시며 반갑고 고마워하신다.

아내는 내 옆에서
우리 어머니 저리 좋아하시네 한다.

무슨 좋은 일로 우리 집에 오신 분들을
환한 모습으로 반기신다.

그 모습은 아주 젊으셨을 때
날 반기시던 그 모습 그대로시다.

문봉 국제공원에
성묘를 가야겠구나.

둘러서 생각하자

공무원연금액(公務員年金額)의 절반(折半)이
사업소득(事業所得)이 있다며 지급정지(支給停止) 되었다.

모르는 자들의 합법적 조치라지만
마음 몹시 상하다.

처지를 바꾸어 생각(易地思之)할 일 아니요
경우를 바꾸어 같아질(易地皆然) 것도 아니다.

메마르고 거친 광야(曠野)에서
뉘 위로(慰勞)가 솟아나겠나

"큰 쥐야, 큰 쥐야,
내 기장을 먹지 말아라"
(碩鼠 碩鼠 無食我黍)〈詩經〉

옛날에도 이러했지
내 마음 상치 말고
둘러서 생각하자.

느리더라도

광교산 올랐다가 내려오는 길에
사백 삼십 구 나무계단을 만났다.

무릎 아파 한 손으로 난간 잡고
다른 손으로 지팡이 짚었다.

한 칸 내려놓고 발 모아 내려오는데
오르고 내리는 사람 빠르게 지나간다.

지나가는 사람 바라보니
마음 급해 주저앉고 싶다.

발 한 칸 내려놓고 두 발 모아
다시 한 칸 내려오면

느리더라도
멈춘 것은 아니니라.

그러니 얼마나 좋아

아침 산에서 만나는 어른이 있다.
그저 법무사라는 정도만 아시는 분이시다.

서문 길에서 만나
"요즈음 일이 없지" 하기에

그래도 일이 있어
멀리 갔다 오는 길이라고 하였다.

"그러니 얼마나 좋아" 하시며
어깨를 두드려 주신다.

아!
이렇게 좋은 말을 듣기는 처음이다.

"고만 벌어"
"그렇게 벌어 어디다 쓰나"
이런 말만 들어왔다.

두 어린 아이의 가르침

오늘은 건빵, 떡살뻥튀기, 사탕
세 가지를 가지고
팔달산에 갔다.

어린 아이가 아빠 손을 잡고
'효원의 종' 을 보더니
두 손 모아 절을 한다.

나이는 만 세 살이며
할머니 따라 절에 다닌단다.

이어 받는 믿음의 행함이
꽃과 같이 아름답구나.

떡살뻥튀기 두 개를 주니
하나를 엄마에게 주며
할아버지 드리겠단다.

나이 다섯 살의 효자의 아들
아버지도 효자이겠구나

오늘
두 어린 아이의 가르침이
저녁노을에 빛나는구나.

62

마음이나 덥혀 주려는

추어탕 집에 들어서니
큰 화로에 뻘건 불덩이가 가득하다.

손을 내밀어 불을 쐬나
열은 없고 빛뿐이다.

주인이 말한다.
마음이나 덥혀 주려는 거라고.

차가운 마음 따스하게 하려는
주인의 마음 더욱 불붙는구나.

오서산(烏棲山) 오르며

금북정맥(錦北正脈) 달려 내려와
힘주어 우뚝 솟은 산봉우리
까막까치 둥지 틀고 머물며 쉰다고
그 이름 오서산(烏棲山)이라네

알맞게 자리한 정암사(靜巖寺)
천오백년(千五百年) 기도(祈禱)의 향촉(香燭)

잔잔한 참나무 숲 사이
이어진 부드러운 흙 살
내 살 같은 바위에 어울린 푸른 소나무
한 백리(百里) 걷고 싶구나

길게 이어진 억새 속에서
가락 지어 솔바람에 날리니
한 총각과
비파(琵琶) 뜯는 선녀(仙女)의 전설(傳說) 같구나

사방을 굽어보니
고만고만한 동산(東山)이 주렁주렁 열리고
옹기종기 자리한 마을이 도란도란 숨쉬고

사이사이 논밭이 하늘 아래 꿈이로다.

"청산만고서(靑山萬古書) 계성천년금(溪聲千年琴)"
"푸른 산은 아주 오랜 글이요
계곡의 물소리는 끝없이 이어지는 가야금소리라."
좋은 시구(詩句) 새긴 비석(碑石) 지나 정상(頂上)이다.

성연리 주차장(駐車場)으로 하산을 하고 나서
백야(白冶) 김좌진 장군묘(金佐鎭將軍墓) 앞에
녹차(綠茶) 한 잔 올리고 재배(再拜)하며
애국(愛國) 못한 부끄러움 때늦게 깨달았네.

리키다 나무에 까치집

초가집 울타리에 감나무 참죽나무
마을 앞 개울가에 미루나무 버드나무
까치집 한두 채 흔히 보았지

양옥이 들어서면서
전주 종탑 송전철탑에서
혼나며 어디론가 떠났지

산기슭 참나무 아카시아
이제는 소나무 비슷한
리키다 나무에 지었군

종달새는 떠난 지 아주 오래 되었고
제비는 삼월 삼짇에도 오지 아니 하고
참새는 어디에 둥지를 트는지

질서를 알려주며 긴 줄 그려주던 기러기
이 땅의 하늘마저
지나주지를 않네

이른 새벽 낭랑한

까치소리에
음치라도 상쾌하였는데

정다운 새들이
돌아오려면
무슨 꿈을 꾸어야 하는 건가.

부럼

정월 대보름 새벽이면 챙겨주는
아내의 부럼
오늘도 깨물어 뱉어 버린다.

밤, 은행, 땅콩 등 부럼을
깨물어 뱉어 버리면
일년 내내 뾰루지, 부스럼이 나지 않는다지

잠자면 눈썹 센다 하여 늦게 든 잠
할머니는 불 같은 성화로
밤 세 개를 깨물라 하셨지

병마에 시달려 깨물 힘마저 없을 때
어머니는 날 대신 깨물어 주시며
버리기만 하라고 하셨지

이어 내려오는 이 한 가지가
할머니 어머니 아내에게로
곱게 물든 명주실 같아라.

제삿날을 잊다

큰 조카 며느리의 전화다
제사에 왜 오지 않느냔다

오늘이 정월 스무 날
아버지 제삿날인데
까마득하게 잊었구나

밤은 어둡고 마음의 준비 아니 되어
못 간다고 했다.

이맘때면 해마다 꿈 속에 뵈었는데
이번엔 뵙지 못하였구나 하니

아내는 벌써 두 번째라며
나이는 못 말린다 하고

아들은 아시고 계신 줄로 알았다며
할아버지께서 큰 아버지 세 분이 가서
이야기를 하시느라고 꿈에 아니 오셨을 것 같단다.

벽에 걸린 사진을 바라보며

잡념에 묻혀 있음을 고백하고
불효막심함을 가슴 깊이 느꼈다.

70

승리의 깃발
— 시험 앞둔 아들에게

두려워 말라
하나님이 함께하심이라.

서둘지 말라
지혜는 조용한 샘이니라.

가벼워 말라
승리는 신중함이라.

감사하며 기도하라
하나님은 승리의 깃발이니라.

형제봉(兄弟峰)을 바라보며

광교산(光敎山)에도
형제봉(兄弟峰)이 있다.

광교산 형제봉에는
일곱 봉우리 이어져 있다.

단 두 봉우리면
쌍봉산(雙峯山)이라 한다.

봉우리 여럿이라도
제 잘난 체하면 형제봉은 아니다.

때만 되면 우뚝우뚝 솟는 봉우리들
형제봉은 벌써 아니다.

어디서나

어디서나 눈에 띄는
한 그루 나무가 있다
산에 들에 꿈에도.

어디서나 들리는
한 마디 소리가 있다
산에 들에 꿈에도.

어디서나 떠오르는
한 폭 그림이 있다
산에 들에 꿈에도.

밤낮없이

이웃집 안마당 목련(木蓮)나무
하루가 다르게 피어나는 꽃송이
밤낮없이 창문(窓門) 열고 내다본다.

눈보라 비바람 견디어낸 꽃봉오리
보슬비에 살며시 잠 깨더니
바라보는 마음 반겨준다.

잠 못 이룬 꼭두새벽
달님도 지친 얼굴 어루만져
우리만이 아는 언어(言語)의 꽃핀다.

해명산(海明山) 오르며

새벽부터 줄기차게 내리던 비
이른 아침 멈추기 시작하였다.

외포리(外浦里) 갈매기 열렬한 환영 속에
석모도에 건너갔다.

십여리 길 걸어 전드기 고개에서
산을 오르기 시작했다.

사방이 꿈속 같은 안개 속
큼직하고 정감 넘치는 바위 더욱 좋아라.

보드라운 흙 살길 오르고 내리며
진달래 앙상한 나무들 사이를 수놓았다.

종소리 은은히 들리니
보문사(普門寺)가 가까운가 보다.

상봉산(上峯山) 가는 길 미뤄두고
절 아래 동네로 내려왔다.

삼세 번

"두 번이 무어냐
삼세 번이 있단다."

할머니는 나에게 이 말씀 주셔
힘을 얻어 합격(合格)했단다.

조바심 품으면
실패(失敗)만 거듭한단다.

쉬지 말고 노력(努力)하면
승리(勝利)는 오게 마련이란다.

상심(傷心)하지 말라
대기(大器)는 만성(晩成)이란다.

결혼 사십주년

결혼 후 25년은 은혼식(銀婚式)
결혼 후 50년은 금혼식(金婚式)

기쁘고 즐겁고 건강하게 살아온
우리들의 40년은 순간마다 감사할 뿐

건강 주서 기쁨 속에 삶이요
사랑 주서 주님 속에 삶이요
주신 은혜 족함 속에 삶이라.

딸 셋에 아들 하나
모두 빤짝이도다.

동서남북
— 최충렬 권사님 댁에서

"너는 눈을 들어 너 있는 곳에서
동서남북을 바라보라."(창 13 : 14)

보기에 좋은 땅을 택하여
조카 롯이 떠난 후

여호와께서
아브람에게 이르신 말씀

오늘
하나님께서
권사님에게 이르시고 계십니다.

말씀의 씨 땅에 뿌리고
사랑의 손 소에 먹이어
에덴동산 이루소서.

옥구공원에서

시흥(始興) 바닷가에 우뚝 솟은 아담한 산기슭에
옥구공원(玉鉤公園)이 있다.

이름과 같이 옥으로 만든 갈고리요
초승달같이 생긴 모양이로다.

산에는 벚꽃 활짝 피고 진홍색 진달래 가득하다.
사이사이에 바위 알맞게 끼어 있고
나무들 제자리에 서 있다.

해넘이 볼 만하게 정자(亭子) 자리하고
훈풍(薰風)이 온몸을 감싸준다.

이 아름다운 산에는
임금님께 옥을 바쳤다고도 하고
어느 아비와 아들의 충절(忠節)도 있단다.

내려와 돌아보니
땅 위에 솟은 하늘나라로다.

오이도(烏耳島) 횟집에서 연실 바라보니

물은 들어왔다 나가고
산은 어둠 속에 꿈을 꾸네.

이렇게 좋은 꽃

보기에 좋은 꽃
이름이 좋은 꽃
향기가 좋은 꽃

생각에 좋은 꽃
사라짐 좋은 꽃
이렇게 좋은 꽃

꿈속에 좋은 꽃
몰라도 좋은 꽃
찔러도 좋은 꽃.

어찌 이리도

산에 들에 피어나는
아기 손 잎사귀
어찌 이리도 아름다운지

몇 해 전 벽에 올린 담장이
삼층 창문에 잡아달라 내민 손
어찌 이리도 아름다운지

눈과 귀로 스며드는
바닷가 그윽한 향수
어찌 이리도 아름다운지.

제비 한 쌍

인제 버스 터미널
어느 가게 집 추녀 밑에서
수원 가는 버스를 기다리는데

아주 오랜만에 제비 소리가 들려
둘레 둘레 찾아보았다.

추녀 안 벽에 제비 집 한 채
어미는 집을 덮고
아비는 망을 본다

참 반갑게 바라보며
어린 시절로 줄달음쳤다.

삼 칸 대청 대들보에
들락날락 집을 짓고

알 품어 대여섯 깨어난 애기들
먹이 물고 엄마 오면
입 벌려 받아 먹고 날로 자라
날아가면 장마 들고

83

서늘한 가을이면 빨랫줄에 나란히
떠나는 인사 길게 하였지

꽃 피는 봄이 오면
주인 찾아 그리도 반갑게 인사를 했지.

84

인제 가면 언제 오나

오늘은
오랜만에 강원도 인제를 간다

한국전쟁 중에 이런 말을 들었다.

"인제 가면 언제 오나
원통해서 못 가겠네"

높은 산 깊은 계곡 치열한 전투 현장
인제나 원통에 있는 부대에 배치되면
돌아오지 못하기에 생긴 말이겠지.

그 많은 우리 형들의 영령
님들이 지켜온 거룩한 땅

오늘은 산과 들에 푸른 잎사귀 피어내고
웃음 머금은 꽃을 지어내는도다.

손 흔들어 영령께 감사의 마음 보낸다.
영령님의 기원으로 이만큼 잘살게 하여준 은혜

님의 솜씨는
달님이 그려주고 별님이 내려준
풀잎에 맺힌 아침 이슬같이 아름다워라.

86

시골 외딴집

환갑 넘은 아들 며느리
팔순 넘은 어머니
세 식구 살고 있는
시골 외딴집

오늘 할 일 내일로 미뤄 보지 아니 한 아들
시집와 삼십여 년 시어머니의 딸이 된 며느리

아들은 물길 다듬어 논에 물을 대고
며느리는 어머니와 두릅 따고 나물 캔다

할아버지 묘 앞 잔디에 편히 쉬며
할머니는
"세월아 가거들랑 혼자나 가지
아들 며느리 머리에 흰 머리 남기고 가느냐" 며
"내 갈 때에는
너희 아픈 것 다 가지고 가마" 하니

며느리는
"엄마! 무거워 다 못 가지고 가
그냥 가볍게 가세요" 한다.

그 어머니의
그 아들이요
그 며느리로다.

88

어린이 날

어린이가 좋아하는 것 사가지고
팔달산 오르내리며
만나는 어린이에게 주었다.

맑고 밝은 눈동자
웃음 꽃 한 송이
고개 다소곳이 숙인다.

한 어머니가
할아버진
손자 손녀가 없어요 한다.

아픈 질문이지만
시치미 떼고
다들 커서 아니 따라다녀 했다.

89

숲을 본다

풀 한 포기, 나무 한 그루
사심 없이 모인
숲을 본다.

보이는 것 다가 아니고
생각하는 것 전부가 아닌
숲을 본다.

일일이 노래할 수 없고
하나 하나 그릴 수 없는
숲을 본다.

섬진강(蟾津江)

보이다가는 숨으며 숨었다가는 보이는
섬진강 따라 가노라면
강도 말없이 따라온다.

폭이 넓어지면 모래밭 생기고
백로가 흐름을 가늠하니
여기쯤에서 쉬어가고 싶구나

얕은 물에서는 큰소리 내고
깊은 물에서는 숨죽이며
그 소리 따라 걷고도 싶구나

왜적이 몰려오던 날
두꺼비 물길을 막아 이 땅 지키어
섬진강이라 부른다지.

석룡산 오르며

하루 종일 비가 내린다지만
"조무락 골짜기"(鳥舞樂谷) 이름 좋아
물소리 들으며 걷는다.
조몰락(fingering),
하나님 한 번 더 빚으신 골짜기이겠지 생각하며.

북호동폭포 아래 김밥향기 즐기니
"죽장망혜(竹杖芒鞋) 단표자(單瓢子)"로구나

골짜기마다 돌(石)이 많고,
소(沼)와 담(潭)에는 용(龍)이 꼬리 틀며 승천한 곳 많아
석룡산(石龍山)이란다.

사연 모를 무덤가에 서니
화악산 줄기 타고 흐르는 숲바다(樹海)
석룡산 곱게 심은 물푸레나무 새 잎사귀 강을 이루어
그대로도 곱고 아름다운데
비 맞으며 맞아주니 더욱 정겹구나

곱고 노란 처음 보는 꽃
너무 예뻐 보기만 하며 정상에 오르니

삼일계곡(三逸溪谷) 안개 속에 잠겨 있고
국망봉(國望峰)은 구름 속에 숨었구나

능선 길로 서둘러 내려오는데
무릎 아파 걷기 힘든 자갈길에 비탈길이라
뒤로, 옆으로, 갖은 방법 다 쓰는데
망아지처럼 뛰어가다 기다리는 철부지
오히려 안타깝구나.

꿈 같은

한 뼘씩 내어 놓으면
꿈 같은 일이 생깁니다.

한 걸음씩 물러서면
꿈 같은 자리가 생깁니다.

바위 돌아 바닷길 이어지면
꿈같은 그림이 생깁니다.

꽃 한 줌 입에 넣으면
꿈 같은 입맛이 생깁니다.

불의한 청지기

(눅 16 : 1-13)

한 부자가 재산을 허비하는 청지기에게
이제 네 보던 일을 셈하라 하니
청지기는 직분을 빼앗긴 후에 영접해 주리라 생각하고
주인에게 빚진 자들의 빚을 줄여 주었는데
주인은 옳지 못한 청지기를 지혜 있게 하였다며 칭찬하였다.

예수님은 이 비유로 제자들에게 말씀하시었다
청지기는 옳지 못한 재물이지만 미래의 대책을 준비하였다고.

95

주님 용서하여 주옵소서
지혜롭지 못하였나이다.

내가 가진 모든 것, 생명까지도
하나님의 것임을 잊었나이다.
나는 하나님의 것을 잠시 치기는 청지기임을
잊었나이다.

주님을 믿는다 하면서도
겸하여 섬길 수 없는 재물을 믿었나이다.

이제

내게 맡기신 이 크고 많은 것에서
보다 작고 미약한 것으로, 재물이든, 재능으로
진정한 친구 되신 주님 사귀렵니다.

청지기직 셈하는 날
문 앞에서 손 잡아주옵소서.

내 비록 약하나
창세 이래 예비하신 그 풍성함
바라보며 살렵니다.

성거산 오르며

천안 지나며 자주 바라보던 산
산봉우리에 머문 영롱한 오색구름 바라보며
고려 태조는 신령이 머문다 하여
산에 제사를 올리고 성거산(聖居山)이라 했단다.

천흥사 터, 저수지, 마당 바위 지나
가파른 길 땀 흘리며 만일사에 이르렀다.
지나던 학이 보니 아름다운 곳이라
바위에 부처님 상을 조각하다가
날이 어두워 중단했다 하여
만일사(晩日寺)란다.

절 마당에 편히 앉아 지나는 구름 벗 삼아
점심을 먹고 산행을 서둘렀다.
정상에 오르는 황토 길에는
돌비늘(白雲母) 유난히 반짝인다.

숨 가쁘게 정상에 올라보니
경부고속도로 평택평야 완연하다.

내려오는 길은 숲속 길, 흙 길로

혼자 걷기 아까운 길이다.

좌불상 입구로 내려와
먼 모습 바라보니
아직도
세상과 구별된 분 머물고 계시건만
어둔 눈에 아니 보였겠지.

성(聖)스러움 오래 오래 머물러 주소서.

말씀 따라 삽시다

(창 12 : 4-6)

아브람은
본토 친척 아비 집을 떠나
여호와의 말씀을 좇아갔습니다.

내게 속한 본토 친척 아비 집이 있는 동구 밖에서
엉거주춤 망설이다가
이제 떠나 말씀 따라 살렵니다.

내가 태어나 살아온 땅, 내게 속한 가까운 사람,
나를 낳아주신 부모일지라도.

그 어느 곳, 그 어느 사람이라도 의지할 것 못 되고
아는 도끼에 발등도 찍혔구나

밤 새워 기와집 짓는 것
내 마음에 즐겨 찾는 곳
없이는 못 살 것만 같은 것
이만하면 살아갈 만하다는 생각
있어서는 아니 되는 것
이 모두 본토 친척이 아니겠는가

>>>>> 내 나이
일혼에

사탄 마귀가 즐겨 찾아
나를 시험하는 것들 아닌가

나 이제
그 질기고 질긴 줄을 끊고
본토 친척 아비 집을 떠나
말씀 따라 살렵니다.

천만인이 옳다 해도 말씀 아니면 따르지 않고
천만인이 그르다 해도 말씀이면 따르렵니다.

불곡산 오르며

도선국사(道詵國師) 창건(創建)한 불곡사(佛谷寺) 있어
불곡산(佛谷山) 또는 불국산(佛國山)이란다.

불곡사 터에 새로 지은 백화사 부근 탈골암에
최근 새긴 마애삼존불(磨崖三尊佛) 둘러보고
가파른 계곡 길 오르니 능선이다.

거대한 바위 봉우리 정상에 올라
호연지기(浩然之氣)를 만끽하고
소나무 아래 자리하고 점심을 먹었다.

이어지는 바위 산등성이 스릴이 있다지만
두 다리 부들부들 떨려 달팽이가 되는구나

부흥사로 내려와 샘내 버스 정류장 향하여
천주교 묘지를 지나는데
한 분이 차를 세워 태워준다.

고마워 시집을 주니
옆에 탄 부인이 펴보고는
세상 편하게 사시는군요 하며

낭송까지 하면서 좋아하는 바람에
덩달아 흐뭇함은 무슨 까닭인가

잠시 즐거움에
웅크린 마음과 몸이 풀리는구나.

칠봉산과 천보산 오르며

칠봉산(七峰山), 천보산(天寶山)의 만남이
며칠 전부터 가슴 설렌다.

아니 가본 산을 찾는 것은
산마다 주는 모습 다르기 때문이다.

보현사 옆길로 능선에 올라
숲길, 흙길, 한적한 길로 이어진다.

칠봉산 정상에서 내리막 길 지나
천보산 정상에서 회암사(檜巖寺) 복원현장에 이르렀다.

지공(指空) 나옹(懶翁) 무학(無學) 큰 스님 수도하신 절
조선(朝鮮) 태조(太祖), 효녕대군(孝寧大君) 머물렀다지

산길을 돌아보면 살아온 길 같다.
힘들었던 길, 더 오래 걷고 싶었던 길,
그리고 편히 쉬고 싶었던 자리도 있다.

그대로 되리라

(행 27 : 20-26)

네가 가이사 앞에 서야겠고
함께 배를 탄 모든 분 다 네게 주셨다는 말씀
그대로 되리라
바울은 굳게 믿었네

여러 날 해와 별 아니 보이고, 큰 풍랑 속
구원의 여망 전연 없어도
바울은 님의 보호와 인도를 믿었네

함께 배타고 가는 사람들
순풍에 돛 달고 먹고 마실 때
바울은 잡혀가는 죄수로
그 누구 하나 눈길 아니 줬지만,

광풍과 암흑의 절망 속에
그들은 절망에 자지러졌고
바울은 믿음으로 총지휘자가 되어
그들의 힘이 되고 구원자가 되었네

하나님, 천지 창조하실 때
궁창 아래의 물과 위의 물 나뉘게 하시매,

천하의 물이 한 곳으로 모이고 뭍이 드러나라 하시매,
땅에 기는 모든 것에게는 푸른 풀을 식물로 주노라 하시니,
다 그대로 되었지

성령님 내게 주시는 말씀
그대로 되리라 믿고
순종하게 하소서.

산으로 달려가면

산으로 달려가면
골백 번이라도 반겨준다.

슬퍼 눈물 흘리며
기뻐 웃음 머금고

너무 힘들 때
벌써 품어 준다.

산에서는
하나님을 만날 수 있어서다.

나의 마음
— 제주 애월 갤러리 하우스에서

창 밖 바다가 의외로 잔잔하다.
넓은 바다가 조용하니
오히려 두렵다.

나의 마음도
저처럼 잔잔하던 것이
못 견디게 심한 풍랑도 있었지

산심(山心), 강심(江心), 해심(海心)
모든 것이
태초에는 잔잔하여 보기에 아름다웠겠지

욕심도 거짓도 애증(愛憎)도 번뇌(煩惱)까지도 없는
나의 마음
아름다웠겠지

고희(古稀)가 되어서야
조금 알 듯하구나.

>>>>> 내 나이
일혼에

이다지 고운 생각을

뉘라서 이다지 고운 생각을,
뉘라서 그 생각을 심었을까

넓고 아름다운 동백언덕 위에
서운산방(棲雲山房) 곱게 서 있다.

현곡(玄谷)의 고운 뜻,
그 뜻 이어 펼쳐 놓으신 또 한 어른.

풀 한 포기, 나무 한 그루 거슬릴까 조심조심
영혼까지 심어 이십여 년 길렀다네.

진열한 시인의 시집을 보며
지나는 길에 쉬었다 가라신다.

구상나무, 치자나무, 동백나무 숲
오만여 평 우거졌다.

줄 바위 내린 대로 연못이 되고
숲속 길 생긴 대로 고향이 된다.

아내의 하모니카 선율에 나뭇잎 숨 내쉬고
반겨주신 어른 흥겨워 손뼉 치신다.

시인의 아버지, 제주 문학의 큰 별
서쪽 하늘에서 굽어보시는 듯하네.

님의 사랑 깃든 동백언덕 위
서운산방 영원무궁하소서.

주 : '현곡' 은 시인 양중해(梁重海) 박사님의 호
　　'또 한 어른' 은 양언보(梁彦保) 선생님
　　'동백언덕' 은 남제주군 안덕면 상창리에 있음.

좁은 문, 좁은 길로 들어가라

(마 7 : 13-14)

고치, 애써 뚫고 나온 나방만이
하늘을 날은단다.

자기 착각인 교만의 유혹,
족함 없는 정욕의 유혹,
눈뜨고 볼 수 없는 재물의 유혹,
이 모든 것 따라가는 길은
누구나 가려는 길, 넓은 길

혼자, 그것도 맨몸뚱이로만 간신히 지나갈 좁은 길
내 생각, 세상소리, 다 뿌리치고,
버려야 할 것 다 버리고,
참아야 할 것 다 참고,
말씀 따라 가는 길, 좁은 길

누구 하나 도움 되지 않는 길
앞이 보이지 않는 길이건만,
성령님 인도해 주시어
생명의 길이요, 축복의 길, 은혜의 길이라.
즐겁고 기쁜 좁은 길이로다.

이 좁은 길만이 영생으로 인도하는 길 아니라며
모든 길이 다 하나님께로 가는 길이라고 속이는
거짓 선지자
그는 넓은 길로 가다가 멸망케 하지요.

좁은 길 찾는 이 적다지만
아무도 셀 수 없는 큰 무리,
흰 옷 입고 종려나무 가지 들고
구원하심이 어린 양에게 있도다
외치리라. (계 7 : 9-10)

너희를 쉬게 하리라

(마 11 : 28-30)

어느 분의 소리요
뉘시기에 그런 말씀하쇼
"다 내게로 오라
내가 너희를 쉬게 하리라."

기진맥진 죽지 못해 살아가고
지쳐 버린 우리들을.
더더구나 쓰러질 듯 무거운 짐
당신의 멍에까지 메라고.
감당 못할 무거운 짐
참지 못할 분통함
혼자 지기에도 벅차답니다.

"내게로 오라"
평생 들어 못 본 다정한 말씀
숨질 때까지 따라다닐 무거운 짐
주님께 가는 순간 다 떨어진단다.

쉬려면 편안해야 하고
편안하려면 주님의 멍에를 메어야 하나니
멍에는 예배의 멍에, 기도의 멍에, 전도의 멍에,

봉사의 멍에, 찬송의 멍에. 작시(作詩)의 멍에…….

날짐승의 날개가 짐이 아니듯
멍에는 짐이 아니오 기쁘고 즐거워
내 무거운 짐 가볍게 하도다.

버선에도 본(本)이 있듯이
삶에도 본이 있나니
주님의 온유와 겸손을 본받으면
무거운 짐 다 벗어놓고 편히 쉰다 하시네.

느낌표

허공에 내어뱉은
감사의 느낌표(!)

밤새껏 보슬보슬
풀잎에 맺힌다.

기도의 응답인가
소원의 성취인가

그저 감사하여
내어놓은 느낌표.

아름다운 소식

(사 61 : 1-3)

메시아로 오신 주님
구원자로 오신 주님
아름다운 소식이네

상한 내 마음 어루만져 고쳐 주시니
나만 아니라 모든 것이 다 싫고 미웠는데
모든 사람뿐만 아니라 온 세상 아름다워 보이네

죄에 잡힌 나를 주님 풀어 주시니
지긋지긋한 사단의 손아귀에서 풀려나
내 모습뿐만 아니라 온 세상 아름다워 보이네

원통하여 맺힌 한을 속 시원히 풀어주시니
비뚤어짐마저 모르게 한 사단 마귀 도망가
나 이제 바른길 걸으니 참 아름다워 보이도다.

하나님의 은혜의 해
잎사귀 마른 상수리나무이던 나의 심령
의(義)의 나무같이 무럭무럭 자라리라.

밤새 내리는 비

보슬 보슬 밤새 내리는 비
자장가 들으며 잠이 든다.

즐거운 고향의 산과 들로
살아 본 마을로 지나간다.

머물고 싶었던 곳
가기조차 싫던 마을 스쳐간다.

지나간 두 차례의 전운도
잔칫날같이 즐거운 마당도 그냥 지나간다.

고운 나비 아직도 자는 듯
꿈속에 꿈을 꾼다.

참기 어려운 거친 파도
곤한 잠 깨운다.

내가 만일

내가 만일
시인이 아니라면

고운 저녁노을
달 밝은 밤
눈 내리는 아침

닭 우는 새벽 길
노송 우거진 산등성이 길
소리 없이 비 내리는 밤

터질 듯 즐거운 가슴
미칠 듯 그리운 마음
되돌아가고 싶은 꿈속

어찌
참을 수 있을까.

얼마나 힘든 일이냐

얼마나 힘든 일이냐
아담과 하와도
결국은 지고 말았지

한사코 울린 보은(報恩)의 종소리
뱀에게 풀려난 젊은이
치악산(雉岳山)의 전설(傳說)

아무 공로(功勞) 없어도
"사단아 물러가라
예수님의 이름으로 명한다."

꼬리마저 사라지니
눈과 귀가 열리고
제정신 돌아온다.

다시는 되풀이 말아야지
얼마나 힘든 일이냐
얼마나 힘든 일이냐.

잘 건너갔을까

법원 앞 길옆에는
법무사 사무실 즐비하다.

찾아오는 사람 기다리며
하루 종일 자리를 지킨다.

알려준 대로 잘 건너갔을까
나루터 뱃사공도 같은 마음이겠지

잘 되면 그만이고
안 되면 달려와 목청 높인단다.

무소식이 희소식이라 하지만
잘 건너갔는지 궁금하다.

늘 넉넉하다

사람들은
모든 것 갖고도
늘 부족하다지만

옛 선비는
모든 것 잃고도
늘 넉넉하다 했지

난 분에 넘치고
하나도 부족함 없어
늘 감사한다.

무궁화

한 송이 한 송이 피고 지니
꽃은 늘 피어 있어 무궁화(無窮花)인가

곱게 피는 무궁화동산 이 아름다운 조국을 위해
다 바친 영령님의 고운 모습 일러

피기 시작한 날로부터 백일 지나면 서리 내린다며
고사리 손가락 꼽으며 헤아렸지

연분홍 다섯 꽃잎
뜨거운 그리움 붉게 간직한 마음에

노란 촛대 꽃술이 되어 지켜온 정절
아직도 꺼지지 않고 있다.

말린 꽃잎 풀어 피어난 꽃
되 말리어 지면서 떨어진다.

사모(思慕)하는 마음을 두루 말았나
일러주는 사연(事緣) 적혔을까

떠나거라

떠나거라
이제 너를 보내노라.

거친 길 홀로 가기 힘들어
너와 함께 즐겼다.

한 때는 너를 보내고
산과 들로 다니며 시(詩)를 썼다.

옛 시인(詩人) 너와 즐기며 읊은 시(詩)에
너와 즐겨 보려 다시 만났다.

한두 잔만이라면
내 마음 빼앗기질 않는데

네 이름대로 술술 들어와
몸과 마음을 꽁꽁 묶는구나

급기야는 나를 힘들게 하고,
쓰러뜨리고, 벼랑에 던지기까지 하여

기억이 끊어지고,
구급차에 실려가게 하였구나

예수님의 이름으로 명하오니
내게서 떠나가거라.

이제는
너를 영원히 보내노라.

123

송홍만 제11시집

내 나이 일흔에

지은이 / 송홍만
발행인 / 김재엽
발행처 / **한누리미디어**
디자인 / 지선숙

110-816, 서울시 종로구 부암동 185-5번지 4층
전화 / (02)379-4514, 379-4519
Fax / (02)379-4516
E-mail/hannury2003@hanmail.net

신고번호 / 제300-2006-61호
등록일 / 1993. 11. 4

초판발행일 / 2007년 8월 15일

© 2007 송홍만 Printed in KOREA

값 7,000원

※잘못된 책은 바꿔드립니다.
※저자와의 협약으로 인지는 생략합니다.

ISBN 978-89-7969-306-5 03810

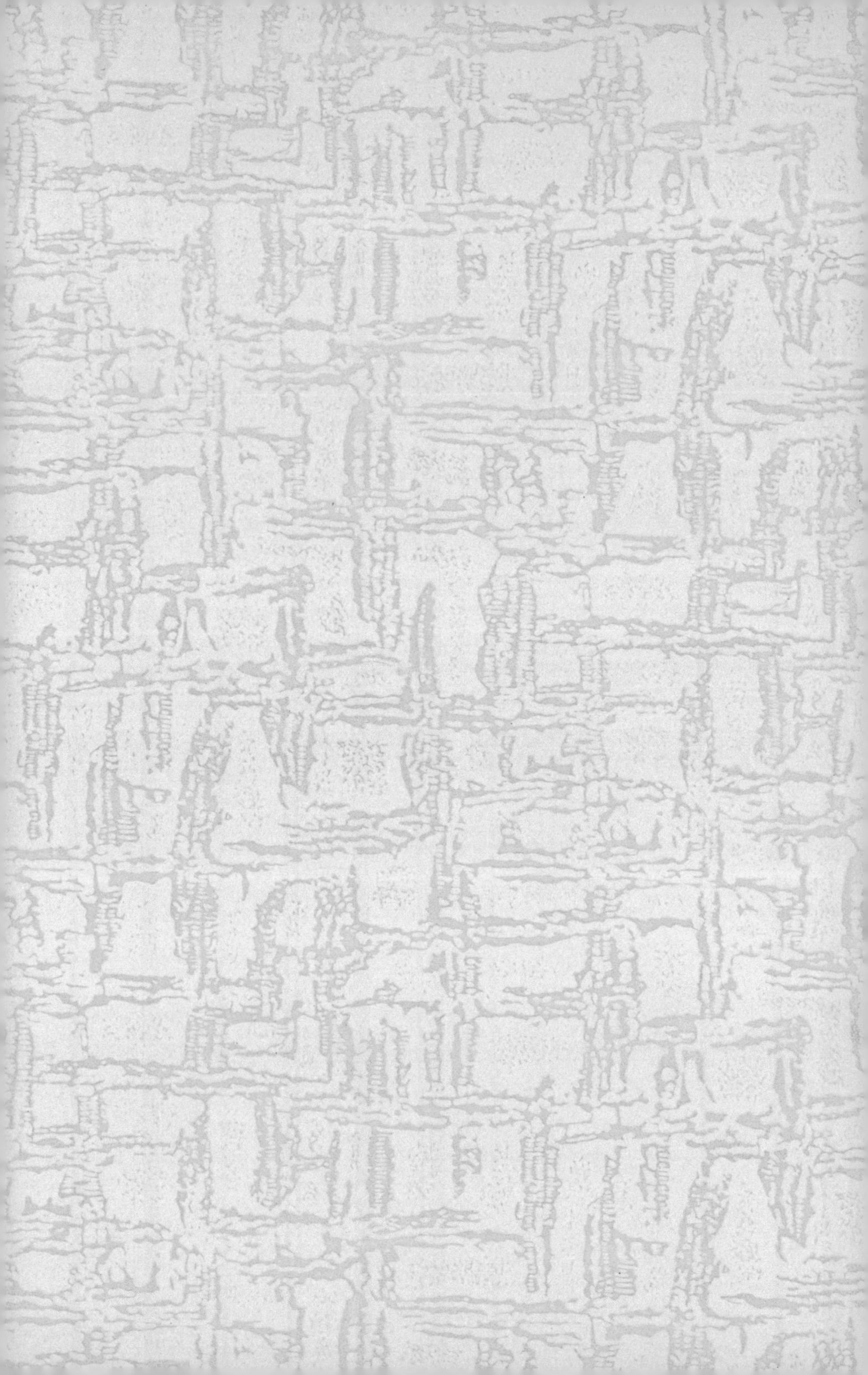